Dan Smith

Düstere Bedrohung

Dan Smith reiste um die Welt und hat sich auf den Reisfeldern Asiens und dem brasilianischen Dschungel in zahlreiche Abenteuer gestürzt. Daraus schöpft er Geschichten, in denen er heute den Großteil seiner Zeit verbringt. Die restliche Zeit teilt er mit seiner Frau und seinen Kindern in Newcastle. Eines seiner Jugendbücher wurde fürs Kino verfilmt.

Dan Smith

Düstere Bedrohung

mit Illustrationen von Chris King

aus dem Englischen von Julia Süßbrich

GULLIVER
von BELTZ & Gelberg

Superleser, das hier ist für dich

Inhalt

1. Kapitel

Seltsam

Peter Brundle und sein bester Freund Ravi schauten im Pausenraum auf ihre Handys. Sie achteten nicht auf den Trubel um sie herum. Eigentlich sollten sie die Handys in der Schule nicht benutzen. Aber eine neue irre Geschichte stand auf ihrer Lieblings-Internetseite *Der Geheimnis-Schuppen.* In der Geschichte überrannten Spinnen eine Stadt in Australien. Es gab sogar ein Video dazu. Das mussten sie sehen!

Peter meinte: „Das ist super. So was müsste mal in Krumm-Eichen passieren. Dieses Kaff ist so langweilig. Hier ist doch nie ..."

RUMMS!

Jemand rempelte die Jungen an. Ravis neues Handy flog in die Luft. Dann knallte es auf den Boden – KNACK! – und kreiselte unter den nächsten Tisch.

Ravi kroch ihm hinterher. Peter drehte sich um und sah, dass ihre Freundin Lea Finney hinter ihm stand. Sie war die Schlauste in der achten Klasse. Lea war klein und dünn. Ihr Haar hatte die Farbe von Herbst-Laub und ihre Augen waren hellblau. Ein paar Sommersprossen verteilten sich über Leas Wangen.

Peter zog die Stirn kraus. „Was sollte das?"

„Sorry", antwortete Lea. „Der Riesen-Blödmann da hat mich geschubst."

Devin Miller fragte: „Wen hast du gerade Blödmann genannt?" Er war ein Schuljahr weiter und doppelt so groß wie alle anderen in der Schule.

Lea schaute an ihm hoch: „Ich habe *dich* einen Blödmann genannt. Kannst du nicht aufpassen, wo du hinläufst?“

Devin ballte seine speckigen Hände zu Fäusten. Er fragte: „Du bist doch die Kleine, deren Mutter beim Fracking arbeitet, oder? Auf der Waldwiese. Das ganze Gebiet ist jetzt gesperrt und wir können da nicht mehr spielen. Mein Vater hält deine Mutter für eine Verräterin, weil sie da arbeitet. Er meint, alle im Dorf würden sie dafür hassen.“

Peter sagte zu Devin: „Lass Lea in Ruhe.“ Dann stand er auf und fügte hinzu: „Der Fracking-Betrieb ist doch jetzt eingestellt worden, hast du das nicht gehört? Und du weißt, dass ihr Vater unser Schulleiter ist, oder?“

„Na und?“ Devin starrte Peter an. „Ein Grund mehr, sie zu hassen.“

„Also ..." Peter legte den Kopf schief. „Er steht da vorne."

Devin kniff die Augen zusammen und schaute zu Herrn Finney, der im Eingang des Pausenraums stand. Devins Fäuste lösten sich. Er beugte sich nah zu Lea hinunter und sagte: „Ich behalte dich im Blick."

Devin stolzierte davon. Lea holte sich ihr Essen.

Als sie zurück zum Tisch kam, sagte sie: „Danke, dass du dich für mich eingesetzt hast." Sie setzte sich Peter gegenüber auf die Bank.

Peter sagte: „Null problemo." Er strich sich eine Strähne aus der Stirn. Und dann schaufelte er sich eine halbe Ofen-Kartoffel in den Mund.

Ravi checkte sein Handy durch. Er murmelte, seine Mutter würde ihn umbringen, wenn es kaputt wäre.

Lea fragte: „Jungs, wollt ihr was Seltsames wissen?“

Ravi schaute auf: „Was denn?“

Lea seufzte. Sie hielt sich die Hand vor den Mund, als ob sie es lieber doch nicht sagen wollte. Aber dann legte sie los: „Es geht um meine Mama und meinen Papa. Irgendwas ist mit denen los. Ganz seltsam.“

„Seltsam?“ Ravi schob seine Brille auf der Nase zurecht. Jetzt sahen seine dunkelbraunen Augen riesig aus. Das war seine Art, ernst zu sein.

Lea erzählte weiter: „Ja, sie haben sich verändert. Es fühlt sich so an, als wären sie gar nicht mehr richtig meine Eltern.“

„Wie meinst du das?“, fragte Ravi mit interessiertem Blick.

„Na ja, kennt ihr das, wenn bei Leuten der Mund lächelt, aber die Augen nicht? So ist das bei ihnen. Kein Gefühl dabei.“ Lea starrte auf das Essen, das auf ihrem Teller pappig wurde. „Gestern habe ich Mama erzählt, dass ich eine Eins in der Mathe-Arbeit habe – und sie hat kaum was dazu gesagt. Sonst macht sie immer einen riesigen Wirbel um so was.“

„Ist das alles?“, fragte Ravi. Er wirkte nicht begeistert. Und Peter wusste auch, warum. Ravi hatte nur eine Zwei in der Arbeit, und er hasste es, wenn jemand in der Klasse schlauer war als er. Seine Eltern erwarteten von ihm, dass er in allem immer der Beste war – Ausreden gab es nicht.

Lea sagte: „Nein, das ist noch nicht alles. Mama und Papa ziehen jetzt ständig die Vorhänge zu. Sogar wenn die Sonne scheint. Und sie gehen immer nachts raus, zu seltsamen Zeiten.“

Ravi fand: „So komisch klingt das gar nicht. Meine Mama lässt die Fensterläden den ganzen Tag zu. Sie meint, dann würden die Fotos an der Wand weniger verblassen."

Peter haute Ravi in die Seite, damit er den Mund hielt. Dann schaute er Lea ermutigend an und fragte: „Wann hat das angefangen?"

Lea überlegte einen Moment. „Vor ein paar Tagen? Kurz nachdem der Fracking-Betrieb zugemacht wurde." Ein Leuchten ging über ihr Gesicht, als wäre ihr etwas eingefallen. „Ja, genau. Papa hat Mama hingefahren. Sie wollte noch ein paar Akten holen. Und danach haben sie sich so komisch benommen."

Ihr Erdkunde-Lehrer hatte mit ihnen über hydraulische Frakturierung gesprochen, zu der die meisten „Fracking" sagen. Da hatte der Fracking-Betrieb in Krumm-Eichen gerade aufgemacht. Herr Feige hatte ihnen erklärt, was die Leute von der Gas-Firma vorhatten: erst Löcher in den Boden bohren, Wasser, Sand und Chemikalien hineinpumpen und dann alles wieder heraussaugen. Dadurch würde Gas gewonnen, zum Heizen, Kochen und für andere Dinge.

Aber alle im Dorf waren sauer darüber. Sie sagten, Fracking könnte kleine Erdbeben auslösen. Und die Chemikalien seien hochgiftig und könnten ins Trinkwasser gelangen. Das war seit Monaten das einzige Thema in Krumm-Eichen. Es hatte schon viel Protest gegeben. Vor der Waldwiese hatten Leute mit Plakaten laut und wütend demonstriert.

Peter hörte Lea nicht mehr zu. Er dachte an früher: Früher verbrachten Ravi, Lea und er viel Zeit im Wald an der Waldwiese. Sie bauten sich dort Lager – bis das Gebiet abgezäunt wurde. Aber jetzt hatte der Fracking-Betrieb plötzlich aufgehört. Peter überlegte, ob sie nun die Wiese zurückbekommen würden. Niemand schien genau zu wissen, was dort vor sich ging.

Peter sagte: „Ich habe immer so gerne auf der Waldwiese gespielt. Wisst ihr noch, wie wir immer die winzigen Fische im Bach gefangen haben?“

„Stichlinge“, sagte Lea. „Das weiß ich noch. Und meine Mama hat nicht gebohrt – sie hat nur bei dem Fracking-Betrieb gearbeitet, weil sie eine Stelle brauchte. Sie war im Büro. Und überhaupt ...“

„Schon in Ordnung“, sagte Peter. „Wir wissen, dass du nichts dafür kannst.“

„Ich wünschte, das wüssten die anderen auch“, sagte Lea. Sie schob den matschigen Brokkoli auf ihrem Teller herum. „So Leute wie Devin Miller erzählen ständig, Mama sei eine Verräterin.“

Peter gab ihr einen Tipp: „Hör einfach weg.“

Sie saßen noch eine Weile still da und stocherten in ihrem Essen herum. Dann fragte Lea: „Also, was denkt ihr über meine Eltern?“

Ravi zuckte die Schultern. „Für mich klingt das gar nicht so seltsam.“

Doch Peter war nicht sicher. Er hatte Herrn Finney immer gemocht. Aber jetzt? Peter sah sich nach ihm um. Der Schulleiter starrte zu ihnen hin. Richtig unheimlich!

Herrn Finneys Augen hatten einen seltsamen, toten Blick.

2. Kapitel

Die Waldwiese

Nach der Schule gingen Peter und Ravi zu ihren Fahrrädern. Lea hatte noch Musik-Unterricht.

Peter sagte zu Ravi: „Leas Eltern sind bestimmt Vampire. Sie sind in den Fracking-Betrieb gefahren, um ein paar Akten zu holen, und dabei sind sie gebissen worden."

Ravi rollte mit den Augen. „Du bist so besessen von Vampiren! Du solltest mehr lesen und nicht ständig Videospiele zocken und Horrorfilme gucken."

Peter ließ nicht locker: „Es ergibt aber Sinn. Sie halten die Vorhänge geschlossen, also müssen sie Angst vor Tageslicht haben. Und sie gehen immer nachts raus."

„Peter, sie sind keine Vampire", sagte Ravi.

Sie schlossen ihre Räder auf und schoben sie über den Schulhof zum Tor.

Peter fragte: „Musst du sofort nach Hause?"

„Warum?", fragte Ravi zurück.

„Komm mit."

Peter und Ravi radelten von der Schule aus durch das Dorf und dann die Feldstraße entlang. Hohe Hecken säumten die Straße. Der Wind blies kalt in die Gesichter der Jungen.

Ravi fragte: „Fahren wir zur Waldwiese?" Er musste strampeln, um mit Peter mitzuhalten. „Wozu?"

„Ich will nur gucken", erklärte Peter.

An der Waldwiese blieben die Jungen stehen. Die riesige Wiese war von einer hohen Hecke umgeben. In der Ferne sah man Wald. Krähen kreisten krächzend über den goldenen Baumwipfeln.

Die Wiese war immer etwas Besonderes gewesen, solange Peter denken konnte. Schon die Eltern und Großeltern der Kinder aus Krumm-Eichen bauten dort früher Lager. Alle spielten dort Fußball und Verstecken. Sie fischten mit Keschern Stichlinge aus dem Bach. Am alten Seil schwangen sie sich über das Wasser.

Doch vor ein paar Monaten hatte die Gas-Firma einen hohen Drahtzaun um das ganze Gelände gezogen – mit Stacheldraht obendrauf. Der einzige Weg hinein führte durch ein Tor. Und das war abgeschlossen. Sie hatten den Boden aufgerissen, um eine riesige Beton-Platte anzulegen: den Untergrund für den Bohrplatz. Das Gelände stand voll mit riesigen Transport-

Containern und Container-Büros. Laster waren wochenlang über die Feldstraße hergekommen und wieder weggefahren.

Peter hatte das Fracking-Gelände seitdem noch nicht gesehen. Er konnte nicht zu den Demos gehen, weil seine Mutter wieder Rücken-Schmerzen hatte. Wenn er nicht in der Schule war, kümmerte er sich die meiste Zeit um seine Mutter.

Peter meinte: „Es sieht anders aus. Da hat sich etwas verändert."

„Der Bohrturm", sagte Ravi. „Sie haben vor ein paar Wochen dieses Gebäude um ihn rum gebaut. Keiner weiß, wieso."

Mitten auf dem Gelände stand ein Gebäude aus Metall. Es war rot lackiert und hatte eine große weiße Aufschrift: „BioMesa". Ein hoher Bohrturm ragte aus der Mitte heraus, wie ein kompliziertes Gerüst.

Ravi sagte: „Jetzt ist das alles stillgelegt."

Peter schauderte. „Es ist so still. Das ist unheimlich." Es war kalt und sein Atem formte kleine Wolken.

Plötzlich zwitscherte eine Elster auf einem Kastanien-Baum hinter ihnen, auf der anderen Straßenseite. Ravi zuckte zusammen und sah Peter unsicher an.

Peter fragte: „Wenn sie keine Vampire sind, was denn dann?" Er schauderte. „Erst haben Leas Eltern hier Papiere geholt oder so. Und seitdem benehmen sie sich komisch. Warum haben diese Leute erst das Gebäude hingestellt und dann doch alles zugemacht? Das alles ist mir *echt* ein Rätsel."

„Ach, echt?“ Ravi zog ein Päckchen Kaugummi aus der Hosentasche. „Erinnerst du dich an diese eine Geschichte beim *Geheimnis-Schuppen*? Da dachte eine Frau, ihre Tochter sei eine Doppelgängerin – eine Fremde, die nur so tat, als wäre sie ihre Tochter ...“

„Die in Amerika?“, fragte Peter.

„Ja, genau. Da kam raus, dass die Frau dieses Capgras-Syndrom hatte. Wenn du das hast, dann meinst du, deine Familien-Mitglieder seien Doppelgänger.“ Ravi schmiss sich ein Kaugummi in den Mund und warf die Packung Peter zu. „Vielleicht hat Lea auch das Capgras-Syndrom.“

Peter versuchte ungeschickt, das Kaugummi-Päckchen zu fangen. Es landete in einer Pfütze. „Sorry“, sagte er und machte ein dummes Gesicht. „Warte mal. Du meinst, sie bildet sich das nur ein?“

„Könnte sein“, antwortete Ravi.

„Aber Lea hat doch gesagt, ihre Eltern halten die Vorhänge tagsüber geschlossen. Und sie haben keine Gefühle.“

Ravi zuckte die Schultern. „Das heißt nicht, dass sie nicht ihre Eltern sind. Oder Vampire.“

„Okay, aber vielleicht stimmt sonst irgendwas nicht mit ihnen“, erwiderte Peter. „Komm, genau das haben wir uns immer gewünscht. Krumm-Eichen ist so langweilig. Hier passiert nie was. Aber jetzt haben wir ein geheimnisvolles Rätsel. Und selbst wenn es *kein* Rätsel ist, können wir doch wenigstens zum Spaß ermitteln. Denk mal drüber nach.“

„In Ordnung.“ Ravi fuhr sich mit der Hand durch seine schwarze Igel-Frisur. „Ich denk drüber nach. Und du schuldest mir Kaugummi.“

3. Kapitel

Die Augen von Toten

Als Peter nach Hause kam, saß seine Mutter im Wohnzimmer.

Sie fragte: „Guten Tag in der Schule gehabt?“

„Mmmmh“, antwortete Peter. „Noch Rücken-Schmerzen?“

„Ach, wird schon wieder.“ Seine Mutter raffte sich mühsam auf und humpelte in die Küche. „Dauert nur eine Weile.“

Peter lebte mit seiner Mutter allein. Sein Vater war gestorben, als Peter ganz klein war. Er konnte sich nicht an ihn erinnern. Fotos von Papa standen auf der Fensterbank im Wohnzimmer, aber der Mann auf den Bildern hätte auch ein Fremder sein können.

Peter sagte: „Ich kümmere mich ums Essen. Setz dich, schone deinen Rücken.“ Er fand es traurig, wie mühsam alles für seine Mutter war.

Peter machte Bohnen auf Toast. Sie aßen sie zusammen am Küchentisch.

„Danke, mein Lieber, du bist ein Schatz.“ Mama schaffte nur eine halbe Scheibe Toast und ein paar Gabeln Bohnen und schob den Teller weg. „Ich bin diese Schmerzen so leid. Ein paar Leute aus dem Dorf besuchen heute Abend den Fracking-Betrieb. Die wollen darüber reden, was jetzt nach der Schließung passiert. Ich wollte wirklich gerne dahin, aber ...“ Mama seufzte. „Ich schaffe das wohl nicht.“

Peter sagte: „Ich bin froh, dass du nicht hingehst. Da ist es gruselig."

Mama nahm ihre Tabletten und ging ins Bett. Ihr tat der Rücken zu weh, um vor dem Fernseher zu sitzen. Peter machte seine Hausaufgaben in seinem Zimmer. Dann warf er seinen klobigen alten Laptop an.

Er sank in seinen Sessel. Im Internet informierte er sich über Fracking und die Waldwiese. Danach suchte er beim *Geheimnis-Schuppen* nach etwas, das an Leas Geschichte erinnern könnte. Peter fand nur das Video über das Capgras-Syndrom, das Ravi erwähnt hatte. Aber Lea wirkte so normal. So *gesund.* Peter glaubte einfach nicht, dass Lea sich alles nur einbildete.

*

Am nächsten Morgen stand Peter früh auf, um die Zeitung auszutragen. Mama konnte nicht arbeiten, wenn sie Rücken-Schmerzen hatte. Also trug Peter etwas Geld zum Haushalt bei. Er sah nach seiner Mama und machte ihr einen Tee. Dann radelte er zu Herrn Kings Laden. Unterwegs schob er sich eine Scheibe Toast mit Butter in den Mund. Herr King heiterte Peter immer auf. Er lächelte so nett und hatte jeden Tag einen anderen alten Witz auf Lager.

Die Glocke über der Ladentür bimmelte und Peter rief: „Morgen!“

Seit fast einem Jahr fuhr Peter für Herrn King die Zeitungen aus. Sie kannten sich gut. Herr King textete Peter eigentlich immer zu. Aber an diesem Morgen stand der Mann still im Schatten hinter seiner Theke.

Peter bemerkte nun, wie düster es im Laden war. Es war kein Licht an. Und es roch: seltsam, aber vertraut. Muffig.

Peter fiel ein, was Lea ihm über ihre Eltern erzählt hatte: Sie saßen im Dunkeln. Er fragte: „Ähm ... Zeitungen ausfahren?“

Herr King lächelte nicht munter wie gewohnt. Er zeigte nur auf die Tasche auf der Theke und sagte: „Alles da.“ Seine Stimme war leiser als sonst.

„Alles klar.“ Peter ging zur Theke. Sein Blick fiel auf Herrn Kings Augen. Sie waren leer. Ganz ohne Ausdruck. Sie sahen so aus, wie Peter sich die Augen von Toten vorstellte.

Herr King fragte: „Wie geht es deiner Mama?“ Aber es lag kein Gefühl in seiner Stimme – so als wäre Peters Mutter ihm völlig egal.

„Äh ... gut.“ Peter stockte. „Ist bei Ihnen ... alles in Ordnung, Herr King?“

Herr King antwortete: „Es könnte gar nicht besser sein.“ Seine leisen Worte fühlten sich an wie kalte Finger, die an Peters Rücken hinabglitten.

Peter nahm die Tasche mit den Zeitungen. Er floh nach draußen an die frische Luft.

Peter sprang auf sein Rad. Unterwegs sah er sich im Dorf genau um. Auf der anderen Seite des kleinen Parks stiegen zwei Leute in ein Auto. Ein Mann ging mit seinem Hund Gassi. Aber alles wirkte ruhiger als sonst. Peter lieferte die Zeitungen aus. Ihm fiel auf, dass viele Vorhänge geschlossen waren. Und es waren weniger Menschen auf dem Weg zur Arbeit. Er hatte das Gefühl, mit Krumm-Eichen stimmte etwas nicht ganz.

Irgendetwas fühlte sich anders an.

4. Kapitel

Irre seltsam

Peter setzte sich in der Klasse neben Ravi und sagte: „Irgendwas geht hier vor. Herr King hat sich heute früh seltsam benommen. *Gruselig* seltsam. Und im Dorf ist alles so still. Das war mir total unheimlich, als ich die Zeitungen ausgeliefert habe."

„Bildest du dir das vielleicht nur ein?", fragte Ravi. „Nachdem Lea das gestern alles erzählt hat, bist du vielleicht ein bisschen ..."

„Ob ich mir das einbilde? Auf keinen Fall!", erwiderte Peter. „Ich sag es dir: Herr King war ganz seltsam drauf."

Lea kam herein und setzte sich zu ihnen. Sie sah blass und müde aus. Und verstört.

Peter fragte: „Was ist los? Ist was mit deinen Eltern?“

Lea nickte. „Es wird schlimmer. Ich glaube, sie haben seit zwei Tagen nichts gegessen. Sie trinken Wasser, aber sie essen nicht. Und sie lassen die Vorhänge zu, sodass es immer dunkel ist. Sonst ist mein Papa geizig, wenn jemand die Heizung anmachen will; aber jetzt ist sie voll aufgedreht und glüht schon fast. Ich laufe im T-Shirt rum und die beiden tragen Pulli und Mantel!“ Lea hörte auf zu reden. Sie stützte den Kopf in ihre Hände. „Ich hab Angst. Irgendwas ist mit ihnen passiert. Und ich weiß nicht, was ich tun soll.“

Peter schaute zur Tür des Klassenraums. Im Gang war das Licht aus. Leas Papa stand dort im Schatten und beobachtete sie. Seine Haut war blass. Sein Blick war leer. Er trug einen dicken Mantel, dabei war es in der Schule brüllend heiß.

Peter flüsterte, ohne die Lippen zu bewegen: „Er steht da vorne."

Lea blickte nicht auf. Sie sagte: „Das Schlimmste ist der Geruch. Am Anfang war der noch leicht, aber jetzt ... ist es ekelig. Es riecht so wie damals, als wir in unserem alten Haus Schimmelpilz im Bad hatten."

Da fiel Peter etwas ein: „Schimmel! Das ist es. Danach roch es auch in Herrn Kings Laden. Ich wusste doch, dass ich das schon mal gerochen habe. Das ist wie bei den muffigen schwarzen Flecken in den Ecken über der Dusche. Meine Mama besteht drauf, dass ich nach dem Duschen alles einsprühe."

Lea stimmte ihm zu: „Genau so. Aber zehn Mal schlimmer. Und so riecht nicht das Haus, sondern sie riechen so. Gestern Abend waren Mama und Papa unterwegs, um Leuten den Fracking-Betrieb zu zeigen. Da roch das Haus langsam wieder normal."

Ravi sah von seinem Handy auf. Er hatte gerade etwas beim *Geheimnis-Schuppen* gesucht. „Was? Wem haben sie das gezeigt?", fragte er.

Lea antwortete: „Mama hat Leuten den Fracking-Betrieb gezeigt. Und sie hat ihnen erzählt, was jetzt nach der Schließung passiert."

Peter warf ein: „Stimmt, das hat meine Mama erwähnt. Sie konnte nicht hingehen – ihr Rücken mal wieder."

Ravi schob seine Brille zurecht. „Ich hab was gehört: Tara Levin hat erzählt, ihre Eltern hätten sich heute früh komisch verhalten. Haben die nicht die Demo angeführt? Dann waren sie bestimmt auch bei der Besichtigung."

Peter starrte Ravi erschrocken an. „Ich wette, Herr King war auch da. Ich wette, *alle* Laden-Besitzer waren da. Alle hatten diese Schilder in ihren Fenstern: *Bewahrt die Natur auf der Waldwiese.*“ Ravi sagte: „Vielleicht gibt es einen Zusammenhang.“ Er sah Lea an. „Du hast gesagt, deine Eltern sind so komisch, seit sie die Akten aus dem Fracking-Betrieb geholt haben, oder?“

„Richtig.“

„Und nach der Besichtigung gestern Abend ging es bei Tara Levins Eltern los.“ Ravi trommelte mit den Fingern auf der Tischplatte herum, während er nachdachte. „Und bei Herrn King auch.“

Lea fragte: „Glaubst du mir jetzt?“

„Das habe ich nicht gesagt“, antwortete Ravi. „Aber vielleicht *sollten* wir ermitteln. Wir gehen nach der Schule zu dir und schauen uns an, wie deine Eltern drauf sind.“

5. Kapitel

Angst

Die Schule war aus. Herr Finney stand am Tor. Er trug seinen Mantel und hatte die Kapuze auf, obwohl die Sonne schien. Er verteilte Zettel und erinnerte alle daran, dass es abends um sieben eine „Notfall-Versammlung“ in der Aula gab, zum strengen Handy-Verbot an der Schule.

Herr Finney winkte Lea, als sie mit Peter und Ravi vorbeifuhr. Peter schaute zurück. Herr Finney starrte ihnen mit leerem Blick hinterher. Die Blätter hielt er fest in der Hand, aber der leichte Wind zerzauste sie.

Auf dem Weg zu Leas Haus radelten sie an den Läden in der Dorfmitte entlang. Ein Schild im Fenster von *Haushalt Heller* warb für Wasser-

Gewehre zum halben Preis. Typisch! Im Sommer hatte Peter noch den vollen Preis bezahlt.

Vor Herrn Kings Laden bremste Ravi plötzlich und sprang von seinem Rad. Er sagte: „Moment, ich habe eine Idee“, und rannte in den Laden. Peter und Lea ließ er draußen warten.

Ein paar Minuten später kam Ravi wieder heraus. Er trug eine flache Schachtel, ungefähr so groß wie ein Schulheft. Ihr Deckel war glänzend rot.

Peter fragte: „War Herr King da? Kam er dir komisch vor?“

Ravi antwortete: „Ein bisschen. Er hat nicht viel gesagt.“

Peter fragte weiter: „Was war mit seinen Augen? Sahen sie leer aus?“

Und Lea ergänzte: „War es dunkel da drinnen?“

Ravi zuckte die Schultern. „Schon, aber vielleicht hatte er Kopfweh oder so.“

Peter sagte: „Hör mal auf, so logisch zu denken. Wozu ist *das* da?“ Er zeigte auf die Schachtel in Ravis Händen. In goldener Schrift stand auf dem Deckel „Lokum“.

„Das ist ein Test.“ Ravi schüttelte die Schachtel und sah Lea an. „Ich glaube, deine Mama liebt dieses Zeug. Ich habe mal gesehen, wie sie eine ganze Schachtel davon gegessen hat, als sie mit meiner Mama Tee trank.“

„Das weiß ich noch“, sagte Lea. „Du hast recht, sie *liebt* diese Teile. Aber warum fragst du?“

„Du hast gesagt, deine Mama hat seit zwei Tagen nichts gegessen.“ Ravi schüttelte die Schachtel zum zweiten Mal. „Lass uns gucken, ob sie auch *das hier* nicht anrührt.“

Peter stöhnte: „Ich verstehe es immer noch nicht."

Lea fragte: „Kapierst du das echt nicht? Wenn meine Mama sogar Lokum nicht anrührt, dann ist *wirklich* etwas mit ihr nicht in Ordnung."

*

Lea schloss die Haustür auf. Peter bemerkte sofort den Schimmel-Geruch, der in den frischen Herbst-Abend zog. Und dann fiel ihm die Hitze auf: als ob Lea eine Ofentür geöffnet hätte!

Peter stand noch an der Tür und flüsterte Ravi ins Ohr: „Bist du dir sicher?"

Ravi rückte seine Brille zurecht. „Ja. Natürlich."

Leas Mutter war sonst munter und laut. Sie redete gern und kam *immer* breit lächelnd auf sie zu. Doch heute stand sie einfach nur im Dunkeln an der Küchentür am Ende des Flurs.

„Hallo“, sagte sie leise. Die drei legten ihre Jacken über das Treppengeländer. „Wollt ihr heißen Kakao und Kekse?“

Frau Finney drehte sich um und ging in die Küche. Peter und Lea blieben lieber nah an der Haustür.

Ravi zischte: „Kommt!“ Er schnappte sich die Schachtel Lokum und folgte Frau Finney.

In der Küche war es dunkel und heiß. Es roch feucht. Obwohl die Sonne schien, waren die Vorhänge vor die Fenster gezogen.

Leas Mutter schaltete den Wasserkocher ein. Dann nahm sie sich ein Glas Leitungswasser. Sie leerte es in wenigen Schlucken und stellte es neben die Spüle. Ohne ein Gefühl zu zeigen, sagte sie: „Deine Freunde können nicht lange bleiben. Papa kommt bald nach Hause. Und dann müssen wir uns fertig machen, damit wir loskönnen."

Lea runzelte die Stirn.

„Die Versammlung", erklärte ihre Mutter. „Um sieben Uhr in der Schule. Sehr wichtig."

Ravi beobachtete Leas Mutter genau. Peter musste Ravi sogar schubsen, damit er ihr die Schachtel Lokum gab.

Ravi hielt Leas Mutter die Schachtel hin. „Für Sie, Frau Finney. Die mögen Sie doch, oder?"

In einer Wolke von feuchtem Schimmel-Geruch kam Frau Finney auf ihn zu, um das Geschenk anzunehmen. Dabei trat sie in einen Sonnenstrahl, der einen Schlitz zwischen den Vorhängen gefunden hatte. Er schnitt durch die düstere Küche wie ein glühendes Schwert und traf

Frau Finneys Hand. Frau Finney sprang zurück, als hätte sie einen elektrischen Schlag bekommen.

Ravi blieb vor Überraschung die Luft weg.

In diesem kurzen Moment sah Peter, dass Frau Finneys Augen blutunterlaufen waren. Das Weiße darin war fast rot.

Lea fragte: „Mama, ist mit dir alles in Ordnung?“

„Bestens.“ Frau Finney schob ihre Hand hinter den Rücken. Sie zwang sich, Ravi ein leeres Lächeln zu schenken. „Leg das doch bitte auf den Tisch.“

Ravi zögerte. Peter sah, dass sein Freund ganz blass geworden war. Ravi begriff nun langsam, dass hier etwas Seltsames vor sich ging.

Peter nahm die Schachtel und trat vor. Er versuchte, von dem Gestank nicht zu würgen.

„Soll ich es für Sie aufmachen? Dann können Sie sofort probieren“, sagte er zu Frau Finney.

„Nein. Danke.“

Peter fügte hinzu: „Das ist von Ravis Mama.“ Seine Hände zitterten. „Sie will sicher wissen, ob sie Ihnen geschmeckt haben. Also ...“ Er riss die Folie ab und öffnete die Schachtel. Jeder Brocken hartes Gelee war von einer halben Tonne Zucker umhüllt. „Probieren Sie das lieber, sonst bekommt Ravi Ärger.“

Frau Finney gab nach. „Na gut, ein kleines Stück.“

Peter sah genau hin, als sie hineinbiss und kaute.

„Lecker.“ Frau Finney ging zur Spüle und nahm sich noch ein Glas Wasser.

Peter war etwas enttäuscht. Frau Finney hatte Ravis Test bestanden. Aber deshalb war sie noch nicht normal. Was war mit ihrer Stimme? Und mit ihren Augen? Und diesem Geruch?

Da war noch etwas: Peter legte die Lokum-Schachtel auf die Arbeitsfläche. Dabei entdeckte er ein halb gekautes Stück Lokum in der Spüle. Das versetzte ihm einen Stich aus Angst und Aufregung. Frau Finney hatte es *nicht* gegessen. Sie hatte es ausgespuckt, als sie sich das Glas Wasser holte.

Peter sagte: „Es war schön, Sie zu sehen, Frau Finney.“ Er packte Ravi beim Arm und achtete darauf, dass Ravi sah, was in der Spüle lag. „Wir müssen jetzt aber gehen. Komm, Lea, wir haben doch was vor, weißt du noch?“

„Was denn?“ Lea war kurz verwirrt. Aber dann verstand sie und riss die Augen auf. „Ach, das meinst du. Okay, dann sollten wir mal los.“

Die drei hasteten aus der Küche und schnappten sich ihre Jacken vom Geländer. Da ging die Haustür auf und Herr Finney stand vor ihnen.

Seine leeren Augen starrten aus seiner Kapuze auf sie herunter.

„Habt ihr es eilig?“, fragte Herr Finney.

Peter antwortete: „Wir haben etwas vor. Wir müssen los.“

Herr Finney achtete gar nicht auf ihn, sondern schaute Lea an. „Wo willst du hin?“, fragte er und blockierte den Weg zur Tür. „Vergesst nicht, dass alle bei der Versammlung erscheinen müssen. Auch eure Eltern.“ Herr Finney starrte Peter und Ravi an.

Peter sagte: „Mama schafft es nicht. Sie hat es wieder im Rücken, kann nicht länger als ein paar Minuten sitzen.“

Herr Finney machte den Mund auf, um etwas zu sagen. Aber Lea schob sich an ihm vorbei und die Jungen rannten hinter ihr her.

Herr Finney rief ihnen nach: „Alle müssen kommen! Es ist wichtig!“

*

Lea, Ravi und Peter radelten weg, so schnell sie konnten. Aber am Ende der Straße hielt Lea mit quietschenden Bremsen an und sagte: „Seht ihr, mit denen stimmt was nicht. Ich hab es euch gesagt.“

Peter antwortete: „Wir glauben dir.“ Er sah Ravi an. „Tun wir doch, oder?“

Ravi fragte: „Habt ihr ihre Augen gesehen? Was war mit ihren Augen los?“

6. Kapitel

Im Schatten

Lea sagte: „Ich geh nicht nach Hause.“ Sie wischte sich über die Augen und sah Peter und Ravi bittend an. „Lasst mich nicht allein.“

Peter erwiderte: „Das werden wir nicht.“

„Und helft ihr mir?“, fragte Lea.

„Natürlich.“ Peter drehte sich zu Ravi um und fragte leise: „Wie helfen wir ihr?“

„Ähm.“ Ravi schüttelte sich. „Ich weiß nicht. Vielleicht könnten wir ...“

Ein lautes Klappern störte die Stille. Alle schauten die Ulmenstraße entlang auf Leas Haus.

Lea erklärte: „So klappert unser Garagen-Tor immer."

Es wurde dunkel. Aber sie konnten noch sehen, wie das Garagen-Tor hochging. Dann fuhren Leas Eltern heraus – in einem roten Lieferwagen mit weißem Logo auf der Seite: BioMesa.

Lea wunderte sich: „Wohin fahren die beiden? Wie spät ist es?"

Ravi schaute auf sein Handy: „Erst kurz nach fünf. Für die Versammlung in der Schule sind sie zu früh dran."

Das Garagentor ging klappernd zu. Der Lieferwagen fuhr davon.

Peter sprang auf sein Rad. „Los, lasst uns gucken, wohin sie fahren."

*

Sie folgten dem roten Lieferwagen die Ulmenstraße entlang und durch die Dorfmitte. Auf der Feldstraße verließen sie das Dorf wieder.

Ravi sagte: „Sie fahren zur Waldwiese."

Der Lieferwagen hielt am Tor. Das Licht seiner Scheinwerfer fiel auf das Hauptgebäude. BioMesa stand groß auf der Wand.

Leas Vater stieg aus, schloss das Tor auf und öffnete es weit. Der Abend war frisch und klar; eine helle Mondsichel stand zwischen den Sternen.

Peter flüsterte: „Ich habe gestern etwas über Fracking gelesen. Über diese Chemikalien, die sie in den Boden pumpen, um das Gas rauszukriegen. Das ist alles giftiges Zeug, Leute. Vielleicht hat ihnen das geschadet und sie zu Monstern gemacht."

Eine Fahrzeugtür knallte zu. Also schauten die drei wieder zum Lieferwagen. Der fuhr jetzt auf das Gelände des Fracking-Betriebs.

Sobald der Wagen drinnen war, folgten ihm Peter, Lea und Ravi. Sie schalteten ihre Handys stumm, schoben ihre Räder hinter die Transport-Container und versteckten sich im Schatten. Von dort aus sahen sie, wie Leas Eltern aus dem Lieferwagen stiegen und im Gebäude verschwanden.

Lea stand auf und fragte: „Sollen wir sie verfolgen?“

Ravi hielt sie an der Jacke fest: „Auf keinen Fall. Bleib, wo du bist.“

Lea erwiderte: „Dann wissen wir aber nicht, was sie da drinnen machen.“ Sie riss sich von Ravi los.

BIOMESA

Als Lea losging, öffnete sich die Tür, und Leas Mutter kam heraus. Sie trug eine Kiste voller Pakete, die ungefähr so groß waren wie Schuhkartons. Sie schob die Kiste hinten in den Lieferwagen.

Wenig später erschien Leas Vater mit der nächsten Kiste.

Ravi wunderte sich: „Was ist denn in den kleinen Kartons?“

Leas Eltern gingen noch mehrmals ins Gebäude und packten den Wagen voll mit Kartons. Dann stiegen sie wieder ein. Sie wendeten den Wagen und fuhren auf das Tor zu. Lea schnappte sich ihr Rad und wollte sie verfolgen.

Ravi stoppte sie: „Lass sie fahren. Wir sollten uns das Gebäude genauer ansehen.“

7. Kapitel

Eine furchtbare Entdeckung

Zu Peters Überraschung war die Tür am BioMesa-Gebäude nicht abgeschlossen. Er zog sie auf und schlich hinein. „Es ist so heiß hier drinnen“, sagte er. Er tastete an der Wand nach einem Licht-Schalter. Er fand einen, drückte ihn und dachte, nun würde der ganze Ort aufleuchten wie ein Weihnachtsbaum. Aber nichts passierte.

„Kein Strom.“ Peter fiel ein, wie Frau Finney auf den Sonnenstrahl in ihrer Küche reagiert hatte. „Oder sie haben die Lampen rausgenommen.“

Ravi kam nach Peter herein und stellte fest: „Hier ist was faul. Ich habe meine Meinung geändert. Das hier gefällt mir nicht.“ Er drehte sich um und wollte rausgehen. Aber Lea hielt ihn zurück: „Wir müssen zusammenhalten.“

Sie holten ihre Handys raus und schalteten die Taschenlampen-Funktion ein. Aber der riesige Raum war so dunkel, dass er das Licht verschluckte. Alles war einfach nur schwarz.

Je tiefer sie eindrangen, desto stärker wurde der Schimmel-Geruch. Lea sagte: „Der Boden fühlt sich komisch an.“ Sie richtete ihr Handy-Licht auf ihre Füße. „Er ist schwammig.“ Sie bückte sich und brachte das Licht näher an den Boden. Feine, miteinander verdrehte Fasern bildeten eine Mini-Landschaft aus Hügeln und Wäldern. Sie bedeckten den ganzen Boden. Als Lea ihren Fuß umsetzte, stieg der grässliche Schimmel-Gestank zu ihnen auf.

„Das ist eine Art Pilz.“ Lea streckte ihre Hand aus.

Ravi warnte sie: „Fass das nicht an. Fass gar nichts an. Wir sollten jemandem hiervon berichten."

Peter richtete seine Lampe nach vorn und sagte: „Gleich. Ich glaube, ich sehe was."

In der Mitte des Gebäudes stand der untere Teil des Bohrturms. Was aus dem Gebäude ragte, sah wie ein großes Gerüst aus. Aber der innere Teil war ganz anders. Riesige schwarze Ranken des Pilzes wanden sich um das Gerüst und bildeten einen weichen, schwarz glänzenden Stamm. Sie schlängelten sich bis zur Decke und breiteten sich aus wie Äste. Als Peter sein Handy darauf richtete, wichen die Ranken vor dem Licht zurück.

Ravi sagte: „Wir sollten abhauen. Ich will hier nicht weiter ermitteln."

Lea richtete ihr Licht auf ein riesiges Loch unter dem Bohrturm. Dort war der schwarze Pilz mit seinen Ranken aus der Erde gekommen. „Vielleicht hat das Fracking ihn gestört oder aus dem Untergrund befreit."

Ravi flüsterte ängstlich: „Bleib da weg."

Lea redete weiter: „Was ist mit den Leuten, die gestern zur Besichtigung gekommen sind? Wenn sie hier drinnen waren, müssen sie das gesehen haben. Und wie sie sich verhalten und meine Eltern sich benehmen ... Das muss etwas hiermit zu tun haben."

Peter ging näher an den Stamm des Riesen-Pilzes heran. Der Boden patschte unter seinen Füßen. „Das müsst ihr sehen", sagte Peter.

Hunderte von gebogenen Armen brachen aus dem schwammigen Stamm hervor. Jeder Arm endete in einer Art Kralle. Die meisten Krallen waren leer. Aber manche Krallen umklammerten Kapseln, die so groß wie Grapefruits waren.

BIOMESA
BIOMESA

Sie waren dunkellila und hatten lauter winzige weiße Flecken.

Ravi flüsterte: „Die sehen aus wie Sporen-Kapseln von Pilzen, nur größer.“

Lea fragte: „Und was haben meine Eltern hier gemacht?“

Peter rief die beiden zu sich. Auf dem langen Tisch vor ihm stapelten sich Kartons. „Das könnte ein Hinweis sein.“

Lea sagte: „Das sind die gleichen Kartons, wie Mama und Papa sie in den Wagen geladen haben.“ Sie hob einen Deckel an. „Und da drin ist eins von diesen Kapsel-Dingern.“

Als sie genauer in den Karton schauten, begann die Kapsel zu pochen wie ein Herz.

Peter schrie: „Zurück!“ Er schlug den Deckel zu und zog Lea weg. „Ich habe *Alien* gesehen – ich weiß, was als Nächstes passiert. Das Ding platzt und ...“ Er spreizte die Finger und schlug sich die Hände vors Gesicht. „Aaah!“

Ravi rückte seine Brille zurecht, schaute Peter ernst an und sagte: „Hör auf mit dem Mist. Das ist nicht witzig.“

„Das war nicht witzig gemeint“, erwiderte Peter.

Lea schlang beide Arme um sich selbst. „Was glaubt ihr, wo Mama und Papa diese Ding...“ Sie drehte sich erschrocken zu Peter und Ravi um: „Die ‚Notfall-Versammlung‘.“

„Was?“ Peter war verwirrt.

Ravi half ihm: „Die Versammlung in der Schule, für alle.“ Ravi tippte auf seinem Handy herum. „Vielleicht hat die Versammlung gar nichts mit dem zu tun, was im Brief stand: strenger gegen Handy-Gebrauch vorzugehen. Vielleicht machen sie irgendwas mit diesen *Dingern*. Wir müssen jemandem davon erzählen. Ich rufe meine Eltern an und ... ach du meine Güte.“ Ravi stockte. „Kein Netz.“

Lea schaute auf ihr Handy. „Bei mir auch keins.“

Ravi sagte: „Wir gehen zu mir.“ Er ging auf die Tür zu. „Zu mir ist der Weg am kürzesten. Und ich bin ziemlich sicher, dass meine Eltern noch normal sind.“

Lea ging ihm hinterher und sagte: „Das lohnt sich nicht. Guck mal, wie spät es ist. Wir sind schon länger hier, als wir vorhatten. Und die Versammlung in der Schule fängt gleich an. Deine Eltern sind sicher schon da. Sie haben bestimmt versucht, dich anzurufen.“

„Stimmt.“ Ravis Hand lag schon auf der Türklinke. Er drehte sich zu Lea um: „Wir sollten direkt zur Schule fahren.“

Peter fragte: „Denkst du also nicht mehr, dass wir uns das nur einbilden?“

„Nein“, antwortete Ravi. Er schob die Tür auf und zischte hinaus.

Lea sagte: „Aber andere Leute könnten denken, dass wir es uns einbilden. Ich mache ein Beweis-Foto.“ Sie richtete ihre Kamera nach oben und machte ein Foto. Im Blitzlicht konnten sie das Dach des Gebäudes sehen. Es war bedeckt mit Krallen, die Kapseln umklammerten. Es waren Hunderte davon.

Vielleicht sogar Tausende.

8. Kapitel

Zu spät

Beißend kalter Wind wehte Lea, Peter und Ravi entgegen, als sie auf der Feldstraße zurück ins Dorf radelten. Niemand sagte etwas. In Gedanken waren sie noch bei dem, was sie im Fracking-Betrieb gesehen hatten.

Als sie an der Schule ankamen, war der Parkplatz voll.

Peter bremste scharf und sagte: „Es ist wohl fast die ganze Schule gekommen."

Ravi hielt sein Handy hoch, schaute aufs Display und runzelte die Stirn. „Immer noch kein Netz."

Lea zeigte auf etwas: „Guckt mal. Das ist der Lieferwagen meiner Mama."

Peter fuhr hin und drückte sein Gesicht an das hintere Fenster. „Die Kartons sind weg“, sagte er.

„Kommt!“ Ravi ließ sein Rad fallen und rannte auf die Schule zu. „Ich sehe das Auto meiner Eltern. Sie müssen drinnen sein.“

Aber der Haupteingang war verschlossen. Also rannten sie um die Schule herum, schauten in die Fenster und probierten es an den Eingängen.

Der Notausgang an der Seite der Aula war zu. Als sie ihre Ohren an das lackierte Holz legten, hörten sie den Lärm einer Menschen-Menge.

Ravi sagte: „Sie sind alle da drin.“ Er bekam Panik. „Ich wette, diese Kartons sind auch da drin. Diese *Dinger*.“

Peter dachte an die gruselige Kapsel, die wie ein lebendiges Herz gepocht hatte.

„Macht auf!“ Ravi hämmerte gegen die Tür. „Macht auf!“

Lea erklärte: „Sie können dich nicht hören. Drinnen ist es zu laut.“

„Ich muss da rein.“ Ravi wurde immer aufgeregter. „Meine Eltern sind da drin!“

Lea trat einen Schritt zurück und schaute hoch zu den schmalen Fenstern unter dem Dach der Aula. „Wir müssten reinsehen können.“

Peter sagte: „Vielleicht können wir das.“ Er führte die anderen zur Rückseite der Aula. Über die unteren Äste einer Eiche kletterten sie auf das Dach eines Anbaus.

Von dort aus konnten sie perfekt durch die hohen Fenster der Aula blicken. Sie sahen Eltern und Kinder im Halbdunkel plappern und darauf warten, dass die Veranstaltung losging. Sogar Devin Miller war mit seinen Eltern da.

„Die Kartons." Leas Stimme war so voller Angst, dass es Peter vorkam, als würden Spinnen über seine Haut krabbeln. „Guckt mal."

Jede Person im Raum hatte einen ungeöffneten Karton auf dem Schoß.

Ravi zeigte auf ein dunkelhaariges Paar in der ersten Reihe. „Da sind meine Eltern!" Neben ihnen war ein Platz frei. Ein Karton lag für Ravi bereit. „Ich muss etwas tun." Er hastete über das Dach zu dem Baum und kletterte herunter.

Peter und Lea ließen die Fenster nicht aus den Augen. In der Aula war Herr Finney auf die Bühne getreten. Jetzt sprach er zum Publikum.

Ravi sprang mit einem Rumms auf die Erde und flitzte an die Seite des Gebäudes. Ein paar Sekunden später hämmerte er gegen die Tür.

„Mama! Papa!“ Ravis Rufe gellten durch die Dunkelheit.

In der Aula drehten sich ein paar Köpfe zum Notausgang. Aber Herr Finney redete weiter. Er hob gerade den Deckel von einem Karton. Peter vermutete, dass Herr Finney dem Publikum Anweisungen gab, denn manche Leute machten genau dasselbe.

Ravis Stimme wurde schriller: „Raus!“

Weitere Köpfe drehten sich zur Tür. Aber manche Eltern am anderen Ende der Aula hatten ihre Kartons schon geöffnet.

Lea flüsterte: „Es ist zu spät.“

Peter schaute voller Angst zu, wie Ravis Vater in seinen Karton blickte und ... PLOPP!

Der Kopf von Ravis Vater zuckte zurück, weil die Kapsel aufplatzte und eine muffige Sporen-Wolke aus dem Karton quoll.

Gleich danach öffneten andere Eltern ihre Kartons. Mit jedem PLOPP quollen mehr Sporen in die Aula. Nach wenigen Sekunden waberte ein Nebel aus feinen Teilchen über dem Publikum. Eltern und Kinder in Panik zuckten zusammen. Manche sprangen auf und rannten zu den Türen. Aber sie konnten nur an den Griffen rütteln. Raus kamen sie nicht.

Alles war zu. Es gab keinen Weg hinaus.

Peter und Lea beobachteten das Chaos. Sie konnten nicht wegsehen. Schon bald wirkten die Sporen und machten die Eltern ruhiger. Die ersten Eltern wurden sogar ganz still. Wie Zombies wendeten sie sich wieder der Bühne zu und schauten Herrn Finney an. Da wusste Peter, dass sie gehen mussten.

*

Ravi hämmerte immer noch an die Tür. Peter packte ihn.

„Zu mir nach Hause!“, sagte Peter. „Meine Mama ist nicht bei der Versammlung. Sie weiß bestimmt, was wir tun müssen.“

„Ich kann sie nicht im Stich lassen!“ Ravi war verzweifelt. Seine Stimme war heiser vom Rufen.

Peter redete auf seinen Freund ein: „Du musst aber. Hier ist es nicht sicher. Alle da drinnen …“ Dann sah er die Angst und Traurigkeit in Leas Augen. „Für sie alle ist es zu spät.“

9. Kapitel

Hinterhalt

Der Amselweg, in dem Peter lebte, war gruselig still. Es fuhren keine Autos. Es leuchteten keine Straßenlaternen. Und zwischen den geschlossenen Vorhängen kam kein Licht hervor.

Peter hielt vor seinem Haus an und sah sich um. „Das gefällt mir nicht." Lea sagte: „Mir gefällt hier *gar nichts*."

„Sagt mir noch mal *genau*, was ihr in der Schule gesehen habt." Ravi nahm seine Brille ab. Er massierte seine Nasenwurzel und atmete tief durch, um sich zu beruhigen.

Peter erwiderte: „Wir haben dir das schon hundert Mal erzählt." Aber er war froh, dass sein

Freund jetzt klar denken konnte. Ein denkender Ravi war nützlicher als ein Ravi in Panik.

Lea erklärte: „Die Sporen kamen raus und haben alle in Zombies verwandelt. Na ja, nicht genau in Zombies, denn Zombies sind ja tot, oder?"

Ravi fragte: „Es waren eindeutig die Sporen?"

„Ja."

Ravi sah Peter an und sagte: „Vielleicht ist das so wie bei dem Ameisen-Pilz, den wir im Geheimnis-Schuppen gesehen haben. Der übernimmt die Steuerung über Ameisen-Hirne. Dann krabbeln die Ameisen auf Bäumen bis ganz oben."

Erschrocken fragte Lea: „Warum macht er das?"

„Weiß nicht", antwortete Ravi. Er log, und Peter wusste auch, warum.

Er wusste, von welcher Geschichte Ravi sprach. Peter fand sie toll, weil es ein ekeliges Video dazu gab. Aus demselben Grund hasste Ravi die Geschichte. Wenn die Ameisen mit Pilz-Infektion in den Baumkronen ankamen, starben sie. Sie explodierten. So verbreiteten sie die Sporen und steckten andere Ameisen an. Der Pilz wollte sich nur verbreiten und überleben.

Aber Peter, Lea und Ravi durften sich jetzt nicht vorstellen, dass die Köpfe ihrer Eltern explodierten.

Peter sagte: „Ich muss nach meiner Mama schauen." Er ließ sein Rad liegen und rannte zur Haustür. Sein Schlüssel klickte im Schloss und die Tür öffnete sich lautlos.

„Mama?", fragte Peter so leise, dass selbst Lea und Ravi es kaum hören konnten. „Mama? Bist du hier?" Peter ging zur Treppe und schaute hoch in die Dunkelheit.

Lea fragte: „Soll ich zuerst hochgehen?“ Peter schüttelte den Kopf. Er ging die Treppe hinauf. Die anderen waren direkt hinter ihm.

Oben roch Peter den Schimmel sofort. Ihm sank das Herz in die Hose, er wollte nur noch raus. Aber die Tür am Ende des Flurs ging knarrend auf.

„Peter, bist du das?“, fragte eine Stimme.

Peters Mutter war nur ein dunkler Umriss im Türrahmen. Mondlicht schien durch das Fenster hinter ihr und zeichnete eine Linie auf den Teppich im Flur. Das lange Haar hing Peters Mutter über die Schultern. Es glänzte silbern.

„Mama? Geht es dir gut?“, fragte Peter.

„Peter, ich habe hier etwas für dich.“ Die geisterhafte Gestalt hielt etwas. Selbst in der Dunkelheit erkannten sie die lila Kapsel.

Panik schoss durch Peters Adern. Er zuckte zurück und keuchte: „Sie ist infiziert!“

Ravi rannte die Treppe runter. Peter wollte ihm folgen, doch da sah er einen anderen Schatten unten im Flur stehen.

Es war Leas Mutter. Sie trat ins Mondlicht und hob ihre Hände. „Lea, Schatz, ich habe hier etwas für dich.“ Sie setzte ihren Fuß auf die erste Stufe.

Peter wusste sofort, dass er daran schuld war. Er hatte Herrn Finney erzählt, dass seine Mutter nicht zu der Versammlung kam. Deshalb war Frau Finney hergekommen. Sie wollten sichergehen, dass auch Peters Mutter infiziert wurde.

„Nein!“, schrie Peter. Schuldgefühle und Angst übermannten ihn, als er von seiner Mutter zu Leas Mutter blickte: beide infiziert, beide mit Kapseln in den Händen. Und beide kamen näher.

„Hier rein!“ Lea packte Peter bei der Jacke und zog ihn zur nächsten Tür.

Für Ravi war es zu spät. Er drehte sich um und wollte Peter und Lea folgen, doch er war schon mitten auf der Treppe ... PLOPP!

Eine Sporen-Wolke schoss aus der Kapsel in Frau Finneys Händen und schimmerte im Mondlicht. Während Peter rückwärts ins Bad taumelte, sah er noch, dass ein silbriger Nebel Ravi einhüllte. Ravi stand kerzengerade da, als hätte ihn ein Blitz getroffen. Seine Finger krallten sich um das Geländer. Ravi bekam große Augen und riss den Mund auf, als ob er schreien wollte. Und dann ...

BÄNG!

Lea zog die Bad-Tür zu und schob den Riegel vor.

10. Kapitel

Entkommen

Lea riss das Fenster auf. Kalte, feuchte Nachtluft wehte ins Bad. Lea schaute hinaus und sagte: „Es ist zu hoch. Hier können wir nicht raus.“

Peter stand neben ihr und starrte auf die Tür.

Lea redete weiter: „Irgendwas müssen wir doch tun können. Ich will kein Schimmel-Monster werden. Ich will nicht ... Warte mal.“ Sie sah Peter an. „Du hast gesagt, ihr habt Schimmel im Bad – und dass du darauf immer was sprühen musst.“

„Ja, Schimmel-Spray, aber ...“

„Wo ist das?“, fragte Lea.

„Was?“

„Das Schimmel-Spray!“, schrie Lea. *„Her damit!“*

Peter holte eine Sprühflasche aus dem Schrank unter dem Waschbecken. Er schüttelte sie, um zu testen, wie viel drin war. „Und jetzt?“, fragte er.

Lea antwortete: „Das schwarze Zeug im Bad ist Schimmel. Und das ist eine Pilz-Art. Vielleicht hilft das Spray also auch gegen das Zeug aus diesen Kapseln. Vielleicht hält es unsere Mütter und Ravi auf.“ Lea holte ihr Handy raus. „Und wir wissen, dass sie kein helles Licht mögen.“ Sie schaltete die Taschenlampen-Funktion ein und ging zur Tür. „Bist du so weit?“

Peter richtete die Sprühflasche auf die Tür und holte tief Luft. „Okay“, sagte er.

Lea schob den Riegel zurück und riss die Tür auf.

Leas Mutter, Peters Mutter und Ravi wichen sofort vor dem Licht zurück. Sie rissen die Arme hoch, um ihre Augen zu schützen. Peter verlor keine Zeit. Sofort sprühte er sie mit Schimmel-Spray ein. Sie heulten auf. Das war das furchtbarste Geräusch, das Peter je gehört hatte – wie tausend schreiende Vampire.

Und irgendwo draußen antwortete jemand mit hässlichem Kreischen.

KRRIIIIEEH!

Peter sprühte noch einmal nach. Ravi brach zusammen. Auch die beiden Mütter sanken auf den Teppich.

Lea kniete sich neben ihre Mutter. Mit zitternden Händen fühlte sie deren Puls. „Sie lebt noch." Lea fühlte auch bei den anderen nach. „Sie leben alle noch."

Peter schaute auf die Sprühflasche und sagte: „Es hat funktioniert."

Lea fragte: „Aber hast du das gehört? Als sie dieses furchtbare Geräusch gemacht haben, kam noch mehr Kreischen von draußen."

Peter nickte. „Da muss es noch mehr Infizierte geben."

Schon rüttelte jemand an der Tür. Peter und Lea rasten ins Schlafzimmer und schauten aus dem Fenster. Der Amselweg war nicht mehr verlassen: Mindestens zwanzig Infizierte standen vor dem Haus. Auch Devin Miller war da und starrte mit leerem Blick zu Peter und Lea hoch.

Peter sagte: „Sie kommen aus der Schule. Woher wussten sie, dass wir hier sind?"

Und Lea fragte: „Wie können wir gegen alle kämpfen, wenn wir nur ein Handy-Licht und eine Flasche Schimmel-Spray haben?“

Peter zuckte die Schultern. „Weiß ich nicht. Aber versuchen müssen wir es.“

*

Peter und Lea stürmten aus der Haustür, bereit zum Kampf. Devin Miller schritt als Erster auf sie zu. Er war langsam und stark. Er kam immer näher. Die anderen folgten ihm.

„Dich hab ich noch nie gemocht“, sagte Peter und verpasste Devin zwei Stöße Schimmel-Spray.

Devin schrie so laut auf, dass einem davon das Blut in den Adern gefrieren konnte. Er taumelte zurück. Die anderen blieben plötzlich stehen und rissen ihre Münder auf. Sie schrien – ein grässlich kreischender Chor.

Peter verpasste Devin noch einen Sprühstoß. Der Tyrann sank auf den Weg. Die anderen Infizierten wankten geschockt und verwirrt zurück.

Peter und Lea sprangen sofort auf ihre Räder und flohen.

Sie radelten schnell durch die dunkelsten Schatten. Erst am Park wurden sie langsamer.

Peter spürte das Adrenalin in seinen Adern. „Hast du das gesehen? Ich habe Devin Miller eingesprüht.“ Er musste grinsen.

„Hab ich gesehen“, keuchte Lea neben ihm. „Und hast *du* gesehen, was dabei mit den anderen passiert ist?“

Peter dachte daran, wie sie kreischten und wankten. „Ja, wieso?“

„Das ist auch passiert, als du meine Mama besprüht hast."

„Und bei meiner Mama", ergänzte Peter. Plötzlich wurde er wieder ernst. „Und bei Ravi."

„Es hat auf alle gewirkt. Als ob sie miteinander verbunden wären", sagte Lea.

„Und?"

„Was ist, wenn sie wirklich verbunden *sind*? Wenn sie Teil *einer* Sache sind? Und wenn sie alle von dem Ding aus dem Bohrturm gesteuert werden?"

„So etwas wie ein Riesenhirn?", riet Peter.

„Genau", sagte Lea. „Vielleicht müssen wir dieses Hirn töten."

„Womit? Mit einer Flasche Schimmel-Spray?"

„Ich glaube, wir brauchen mehr. Ich habe eine Idee."

*

Sie fuhren in die Dorfmitte, direkt zu Haushalt Heller. Lea schnappte sich einen Stein vom Rasen gegenüber.

„Tut mir leid, Herr Heller", sagte sie – und wuchtete den Stein gegen das Schaufenster.

Sofort hörten sie das schrille KRIIIIEEEH der Infizierten. Peter sah hin und entdeckte Herrn Heller auf dem Rasen. Er trug Wintermantel und Wollmütze. Sein Mund stand offen. Herr Heller zeigte auf sie.

Irgendwo im Dorf antwortete ein Kreischen.

Lea sagte zu Peter: „Du passt auf!" Sie trat durch das Fenster in den Laden. Scherben knirschten unter ihren Füßen. „Sie wissen, dass wir hier sind." Lea krallte sich einen Rucksack vom Regal neben der Tür. Dann suchte sie die Gänge ab, bis sie die Putzmittel fand.

Peter wartete am Eingang und behielt Herrn Heller im Blick. Lea packte alle Flaschen Schimmel-Spray aus dem Regal in den Rucksack und ging zurück zum kaputten Fenster.

Peter sah ein Auto in die Hauptstraße biegen und auf den Laden zukommen. „Sie kommen."

Doch es war kein Auto, sondern ein Lieferwagen.

Eine Horde von Infizierten tauchte an der Ecke auf. Sie liefen dem Lieferwagen hinterher. Sie waren schnell. Und jetzt kam Herr Heller auf dem Rasen angerannt.

Haushalt
Heller

Lea verließ hektisch den Laden und sprang auf ihr Rad. Aber Peter rief: „Warte mal, ich hab eine super Idee!“ Er raste in den Laden.

„Was machst du?“, schrie Lea. „Sie kommen!“

„Moment noch!“ Peter kam mit zwei Wasser-Gewehren zurück.

„Was hältst du davon?“, fragte er.

„Toll“, sagte Lea. „Aber die müssen noch warten.“

Der Lieferwagen hatte schon die halbe Hauptstraße hinter sich gelassen. Die Infizierten rannten ihm hinterher und verteilten sich. Lea konnte nicht wegsehen. Sie kannte sie. Es waren ihre Nachbarn und Mitschüler. Oder sie waren es gewesen.

11. Kapitel

Schreie in der Nacht

Peter und Lea radelten einfach an Herrn Heller vorbei und weiter durch das Dorf. Sie hatten riesige Angst, entdeckt zu werden. Sie heizten zum Tor des Fracking-Betriebs.

Peter bremste scharf und sprang von seinem Rad. Lea tat dasselbe und nahm schnell den Rucksack vom Rücken. Peter riss die Verpackung von den zwei Wasser-Gewehren ab, die er bei Haushalt Heller geholt hatte. Er drehte bei beiden den Verschluss ab und hielt sie fest, während Lea Schimmel-Spray in die Tanks kippte.

Peter sagte: „Ich habe die Düse auf Sprühen eingestellt." Dann gab er Lea eins der Wasser-

Gewehre. Peter und Lea liefen durchs Tor. „Komm, wir nebeln das Ding ein!"

„Kein Proble..."

Lea wurde von einem nervenzerreißenden KRIIIEEEH unterbrochen. Das Geräusch durchfuhr sie wie Fingernägel, die man über morsches Holz zieht.

Peter duckte sich und schaute hinüber zum BioMesa-Gebäude. Ein Infizierter stand dort im Schatten. Er neigte seinen Kopf zurück und seine Augen glänzten im Mondlicht. Sein Mund stand weit offen. Er schrie.

Aus der Ferne antwortete ein Kreischen. Peter wusste, was das bedeutete: „Sie sind bald hier."

12. Kapitel

Die Infizierten

Peter und Lea rannten zum Gebäude. Der Infizierte raste auf sie zu. Es war Herr Feige, ihr Erdkunde-Lehrer. Peter hatte ihn noch nie so schnell laufen sehen. Was immer der Pilz sonst noch mit Leuten anstellte: Stärker und fitter machte er sie auf jeden Fall.

Als Herr Feige in ihre Nähe kam, schossen Peter und Lea mit ihren Wasser-Gewehren auf ihn. Das Schimmel-Spray kam in feinem Sprühnebel heraus und umhüllte den Angreifer.

Herr Feige wankte, aber er kam noch immer auf sie zu. Peter und Lea traten zur Seite, um ihn vorbeizulassen. Dann drehten sie sich nach ihm um. Sie sahen, wie er die Kontrolle über seine

Beine verlor und hinfiel. Herr Feige krachte in den Dreck und lag zuckend im Matsch.

Peter und Lea warteten nicht ab, was er als Nächstes tat. Sie rasten zum Eingang des Gebäudes. Aber es kamen noch mehr Infizierte aus dem Schatten. Ihre Schreie waren überall.

„Schnell!“, rief Peter.

Lea versuchte, die Tür zu erreichen, während Peter nach links und rechts schoss. Er kämpfte, um die Infizierten zurückzuhalten. Aber es kamen immer mehr und verstellten den Weg.

Ein Körper kam aus der Dunkelheit geschossen und rannte Peter über den Haufen. Das Wasser-Gewehr flog Peter aus der Hand und landete weit weg im Dreck.

Lea gab ihren Versuch auf, die Tür zu erreichen. Sie drehte sich um und wollte ihr

Wasser-Gewehr zücken, doch es war schon zu spät. Die Infizierten waren überall. Es waren zu viele, um sie zu bekämpfen. Sie umzingelten Lea, packten sie und drückten sie zu Boden.

*

Die Infizierten hievten Peter und Lea auf die Füße. Der rote Lieferwagen stand vor ihnen. Jetzt waren die Infizierten still. Sie warteten.

Eine Tür des Lieferwagens ging auf. Herr Finney stieg aus.

„Papa! Bitte wach auf! Ich bin es!“, flehte Lea, als er auf sie zukam.

Herr Finney sah furchtbar aus. Seine Haut war blass und seine Augen finster. Bündel von grau-grünen Fasern bedeckten seine Lippen und Nasenlöcher.

„Kommt rein", sagte Herr Finney. „Es ist Zeit, dass ihr so werdet wie wir. Bald werden alle so sein wie wir." Er klang so dumpf, als hätte er Watte im Mund.

Die Infizierten zerrten Peter und Lea in das BioMesa-Gebäude, in dem der Pilz aus dem Boden gebrochen war. Herr Finney entriss einer der seltsamen Krallen eine Kapsel. Sie löste sich mit einem leisen Patschen.

Herr Finney trug sie zu den zwei Freunden und sagte: „Die ist für euch."

Und sie platzte.

PLOPP!

13. Kapitel

Alle zusammen

Nun passierte alles auf einmal. Peter hatte tief eingeatmet, bevor die Kapsel platzte. Aber er musste den Atem nicht lang anhalten. Als die Sporen sich in der Luft verteilten, hörte er einen metallischen Schlag hinter sich. Und dann rief jemand seinen Namen.

„Peter! Lea!“, schrie Ravi.

Die Hände, die Peter festhielten, lockerten sich etwas. Peter nutzte das aus. Er duckte sich weg von den Infizierten, ließ sich fallen und rollte ein Stück weit. Er sprang wieder auf und drehte sich um. So konnte er sehen, wie die Menge sich auf die Tür zubewegte. Dort stand Ravi.

„Fang!“, rief Ravi.

Schon segelte ein Wasser-Gewehr über die Menge hinweg.

Peter sah, wo das Wasser-Gewehr herunterkam, und brachte sich in Stellung. Er war nicht der beste Fänger, und Ravi war nicht der beste Werfer, aber jetzt passte alles. Peter brauchte nur ...

JA!

Sobald Peter das Wasser-Gewehr in seinen Händen hatte, drehte er sich um und besprühte die Infizierten.

Schon nach wenigen Sekunden schrien alle und wanden sich vor Schmerzen.

Ein Licht leuchtete auf: Lea zielte mit ihrer Handy-Lampe auf jeden, der sich näherte.

In dem weißen Licht sah Peter, wie die lila Kapseln im Schimmel-Spray-Nebel schrumpelten. Die Krallen zogen sich zurück, als ob sie dem Nebel entkommen wollten. Der ganze Raum bewegte sich, als der Pilz reagierte.

„Die Wurzeln!“, schrie Ravi, während er sich durch die Menge zu Peter schob. „Sprüh die Wurzeln ein!“

Beide schossen mit ihren Wasser-Gewehren auf den Fuß des seltsamen Pilzes.

Die Infizierten und der Pilz schrien auf. Die Ranken lösten sich von der Decke und den Wänden. Sie schrumpften und wurden grau. Sie zerfielen zu Staub wie trockene Blätter. Und etwas in diesem Staub ließ Peters Blut zu Eis gefrieren. Ganz unten, bei dem Loch im Boden, sah er ein schreiendes Gesicht. Es war nur einen kurzen Moment da. Dann zerbröselte es zu Staub – als wäre es nie da gewesen.

Rund um das Gebäude brachen die Infizierten zusammen. Sie regten sich nicht mehr. Peter und Ravi leerten ihre Wasser-Gewehre über dem Fuß des Pilzes.

Lea zeigte mit ihrem Licht auf die schrumpelige Masse: „Ich glaube, das war's. Jetzt ist es tot."

„Und was ist mit denen?", fragte Ravi. Er blickte auf die Leute aus dem Dorf, die auf dem Boden lagen.

Lea kniete sich neben ihren Vater. Sie legte ihre Hand an seinen Hals. „Er lebt", sagte sie. Dann fühlte sie auch bei den anderen nach. „Ich glaube, sie leben alle."

14. Kapitel

Folgen

Eine Woche später saßen Peter, Ravi und Lea auf ihren Rädern und beobachteten, was auf der Waldwiese passierte. Arbeiter zerlegten den Bohrturm und luden Container auf BioMesa-Laster. Bis zum Abend war sicher alles weg.

Peter sagte: „Es wird so aussehen, als wäre nie etwas passiert.“

Ravi erwiderte: „Den Leuten ist auch nicht viel passiert.“ Er hatte sein Handy rausgeholt und las gerade einen Bericht über die Ereignisse in Krumm-Eichen. „Hier steht: Keiner weiß, warum alle in dem Fracking-Betrieb aufgewacht sind. Sie vermuten, dass verunreinigtes Wasser eine Massen-Halluzination ausgelöst hat. Vielleicht waren Chemikalien aus dem Fracking ins Wasser gelangt. Also macht BioMesa den Standort jetzt zu und musste sich gründlich entschuldigen. *Und* sie zahlen viel Geld für die Reinigung der Waldwiese. Danach gehört sie wieder uns."

Lea fragte: „Und wie kommt es, dass kein Infizierter sich erinnert? Außer dir?"

Ravi antwortete: „Das liegt bestimmt daran, dass Peter mich sofort eingesprüht hat. Ich weiß noch, wie es sich anfühlte, als das Zeug die Macht über mein Hirn übernahm. Irgendwann bin ich dann auf dem Teppich aufgewacht. Und dann bin ich den Infizierten hierher gefolgt und habe euch den Hintern gerettet."

Peter sah zu, wie ein Lieferwagen den Hang hinauffuhr und über die Straße verschwand. Er fragte: „Wie hat es sich angefühlt, infiziert zu sein?"

„Ich konnte alle fühlen.“ Ravi nahm die Brille ab. „Es war, als ob ich meine Gedanken nicht steuern könnte. Und ich wollte, dass alle so waren. Ich wollte, dass alle infiziert waren.“

„Warum?“, fragte Lea.

„Weiß ich nicht.“ Ravi setzte seine Brille wieder auf. „Ich glaube, der Pilz wollte sich nur ausbreiten – wie der Pilz, der Ameisen explodieren lässt. Nur dass dieser uns nicht explodieren ließ.“

Peter sagte: „Nicht direkt. Aber dieses Gesicht, das ich im Boden gesehen habe ... Das muss mal ein Mensch gewesen sein. Vielleicht jemand von BioMesa. Und vielleicht wäre das am Ende mit allen passiert. Wir wären alle so was geworden.“

„Deshalb mussten wir es töten“, sagte Ravi.

Lea grübelte. „Eines verstehe ich noch nicht: Meine Eltern sind hier infiziert worden. Sie wollten an dem einen Abend doch diese Akten holen. Und ein paar Tage später haben sie Leute infiziert, die sie durch den Fracking-Betrieb geführt haben, oder?"

„Genau."

„Aber warum haben sie *mich* dann nicht angesteckt?", fragte Lea.

Ravi antwortete: „Das habe ich mich auch gefragt. Es kann nur so sein, dass der Pilz da noch schwächer war. Er wuchs noch und lernte erst, wie er Menschen steuern konnte. Sie waren immer noch deine Eltern ... wenigstens ein bisschen ... und brachten es nicht übers Herz, dich anzustecken. Aber ich vermute, dass wir das nie ganz sicher wissen werden – es ist ein Rätsel."

„Wie beim *Geheimnis-Schuppen*", stellte Peter fest.

Lea sagte: „Der Grund ist egal – es fühlt sich gut an, dass sie wieder normal sind. Und dass der Geruch weg ist.“ Sie drehte ihre Pedale so, dass sie jeden Moment losradeln konnte.

Peter lächelte. „Das kannst du laut sagen. Und jetzt fänd ich es doch ganz schön, wenn es in Krumm-Eichen langweilig bleiben würde. Wenigstens für einige Zeit.“